歌集

撤退

Tettai

Akira Komatsu

小松 昶

退

現代短歌社

撤退　＊　目次

カバー図版：
Marble relief depicting Asclepius or Hippocrates treating ill woman, from Greece-5th century B.C.

撤退

二〇二〇（令和二）年

新型コロナウイルス・パンデミック

コロナ禍に手術用マスクの不足して替へずに
使ふ今日で三日め

日に干してマスクを消毒する吾にナースは勧
むキッチンハイター

手術の患者は全てコロナの検査せよ手術部スタッフ激しき口調に

高気密マスクに麻酔を始むるに次第に息の苦しくなりぬ

気管挿管せむと大きく息づけばフェイスシールドたちまち曇る

三施設に麻酔する吾の感染は直ちに医療崩壊招かむ

ウイルス感染急拡大する大阪より麻酔応援の
撤退をせり

感染せしイタリアの医師の死亡数一五〇を超
ゆ三月《み》がほどに

パリパリと納体袋は音を立てコロナに逝きし
人を呑み込む

非透過性納体袋に亡骸を収めて医師は心折れ
ゐる

コロナに逝きし人に触るるを禁じられ遺族の
悲しみ幾重につのる

口きかず咳もなさざる亡骸に触れてならぬか
消毒するに

納骨と一周忌法要取りやめて見通し立たぬを
亡き母に詫ぶ

マスク忘れ駅前ゆくに向かひ来る目だけの群
れにわが引き返す

病院の職員食堂に口きかずひたすら食ひぬ壁
に向かひて

痛む歯の歯科の予約をキャンセルす仕事の都
合と言ひ繕ひて

感染の増えゆく大阪に行く娘三つの密は必ず
避けよ

大阪より帰りし娘に耳すますす手を洗ひしか嗽
はまだか

インフルとのツインデミックの可能性まこと
しやかに専門家告ぐ
とめどなき経済優先の規制緩和インフル盛ら
ば医療崩れむ

二〇〇五（平成十七）年

光るノズル

緊急に脳動脈瘤手術すると有無を言はさぬ夜
更けの依頼

酸素マスクの下に女は喘ぎをり意識うすれて
ゆくと言ひつつ

顕微鏡視野モニターに脳表は大きく脈うち膨隆し来る

ピンセットの先震はせて剥離する瘤《りゅう》の周囲の条のごときを

光るノズルは悲鳴あげつつ吸引す血に充たさるる脳の奥処を

声荒げ急速輸血を続くれば注射器操作に手の皮剥けゆく

ひとつ命助かりくれし朝ぼらけ若き医師らの
肩を叩きぬ

明石天文科学館

讃岐なる家族と別れ海峡を越ゆるかなたに科学館灯る

しろじろと月下美人は匂ひ立つ単身赴任の吾がベランダに

身元不明のままに火傷に逝きし人「明石太郎さん」と呼ばれて

わが帰宅ひつそりと待つトレニアに水を注げ
ば藍よみがへる

はつ夏の光のなかに直ぐ立てる天文科学館に
妻子ともなふ

宇宙生成のパネルの前に佇みてダンス部の娘
首かしげゐる

無言館のペンキ

出征の前夜に描きし妻ならむ厚く塗られし黒
髪の束

戦没の画学生の名刻む碑にペンキ撒かれき血
痕のごと

碑のペンキおほかた浄められしかど紅蓮の滴
り痣のやうなる

枕許の時計はパーキンソン病に逝きたるナース君の賜物

原子炉に熱中性子浴びながら脳腫瘍治療に君と励みき

ハリケーンに川の氾濫する映像学会に訪ひしニューオーリンズ

友と航きしミシシッピ川の双胴船堤防越えて傾きてをり

酔ひ痴れてジャズ聴きし店も「カトリーナ」の水に漬かりて人影のなし

バス停に金をせびりし少年よ恙なくあれ浸水の街に

小磯良平美術館

亡き画家のアトリエの庭この秋も高き梢に花梨の匂ふ

アトリエの庭にぶだうの房いくつ乾きて揺るる冷たき風に

制服の少女ら高きを見つめつつ斉唱始む素足のままに

「斉唱」

アトリエの奥処の棚に古びたるマチスの画集
またマンドリン

小さき花飾る帽子の色淡し画家の終なる一枚
にして

この夕べ幾万の子が飢ゑ死ぬか向ひの卓に残
るオムレツ

言ひ難き痛みはよぎる暮れ方の車窓にかつて
住みし街並

君もまたフリーの麻酔医になると言ふ病院勤
務に耐ふるをやめて

太鼓打つ上腕筋群隆起して汗は飛び散る逆光
のなか

おづおづとふすま開くれば浦上規一氏弁当広
ぐ太融寺の歌会

二〇〇六（平成十八）年

祖母逝く

一族の集ひに挨拶はじめたり父の占めゐし席にすわりて

正月の料理をあまた並べ終へ母は小さく正座してをり

なによりも母に看取られゐたること父の一生の幸ひならむ

自慢げにもの言ふ父を責めし吾身罷りし後しきり悔やまる

吾を駅に送る坂道年ごとに母の息づき荒くなりゆく

訪問を待ちゐし祖母は吾に言ふ「とんとんしてね」胸を指しつつ

甘き菓子孫には与へざりし祖母いま細き手に
脈しかと打つ

緊急手術に危機乗り越えし病室に幾度嘆かふ
早く逝きたし

末の娘を自死に失ひ四十年か今は瞼を閉ぢて
安らふ

百歳の祖父の読経の響く辺に祖母の遺影のほ
ほゑみ穏し

感情

感情はつねに理性を組み伏せてミサイルは越ゆ国の境を

感情と感情絶えず争ひて今日は砂漠に二〇〇人逝く

白ひかる菫のブーケ胸にしてモリゾは坐るマネのアトリエ

マネを射るモリゾのひとみ渦なして画家の心を震はせゐたり

病篤き母上の麻酔せし後を君に問はずにひと月経ちぬ

母上の死を人伝に聞きしかど君に言葉をかけぬまま過ぐ

ひたむきに働く君の横顔に面ざし似たる母上偲ばゆ

水蒸気凍てつく川に立つ鷺に朝の光の鋭角にさす

希薄なる匂ひまとへる白梅の開ききりをり夕かげる庭

春の蚊の音なく浮かび吾と共に快速急行に運ばれてゆく

九段中学

錦糸町に国電に乗り替へ通ひたり左千夫・文明まだ知らざりき

担任の片野先生の『数学を愛した作家たち』を新聞に知る

中学を終へて四十年感想文と吾が近況を喜び給ふ

口癖は「だーめなんだよ」悪童に目を細め口を尖らしましき

禁断のレーシングカーを持ち寄りてトイレに密か誇りあひたり

甘く薫る実習生に辞書もちてしどろもどろの質問をせり

ソプラノの鮫島有美子さん楽屋にて同級生吾を覚えてをらず

大阪転勤

新任の院長すこし上気してわれに手渡す着任辞令書

病院のランクアップをはかるとぞ吾には即ち労働強化

辞令交付のさなかピッチは鳴り出して緊急帝王切開頼まる

先輩の吾にオーダリング・システムを若きら教ふ少し苛ちて

黄緑に淀める第二寝屋川に花は散りゆく光したがへ

揺れながら中学生が橋を来る膝まで届くかばんを掛けて

焦点の合はぬ眼をしてふらふらと桜の下に消えて行きたり

いぢめられ死にゆく子らの苦しみを吾も知りたり五十歳のころ

あたたかき雨に濡れゐるアスファルト白き花弁のあまた貼り付く

レジ袋水面を滑る街川に巨大みどり亀泡を吐き出す

細長き頸椎巧みに折り畳み亀は四角い顔引っ込める

鏡なき部屋

湯浴みする傍へポケットベルの音防水ケース
の中にくぐもる

午前四時頭痛に耐へつつ麻酔する夜食代ほど
の手当もらひて

九本の管につながれ眠る人今日一本をやうや
く抜きぬ

人工呼吸・持続透析・心肺補助　集中治療室は平均八十二歳

呼び掛けにうすく瞼を開きたり媼は四十日の眠りを越えて

車椅子の媼に並びて照り陰る生駒の嶺をまなかひに仰ぐ

鳩の羽根をあまたの稚魚のつつきをり濁る川面は暮れむとしつつ

単身赴任の吾のマンション鏡なきことに気付
きぬひと月経ちて

窓の下過る車の音荒れて暮れぐれはまた雨と
なるらし

父の墓

武蔵野の丘に並べる奥津城にわれの知らざる
祖《おや》の幾人

恵まれぬ境遇にして愚痴一つ悪口ひとつ言は
ざりし父

のこす文遺す言葉もなき父の表情さへも残さ
ず逝きぬ

父の日に贈りし黄色の薔薇の花愛づることなく身罷りましき

喉仏を取り分くるなく埋めたり湿り帯びたる盛り土のした

盛り土の下に冷たき冬越えし父のみ骨の墓に納まる

新たなる開眼の墓に酒を掛く下戸なりし父苦笑ひせむ

太き骨納むる墓に塩をまく形見のネクタイ風
に靡かせ

相模川を天竜川を越えたれば母住む街は遠く
去りたり

父をなくし寂しくなきかと問へぬまま今年も
母に花を贈りぬ

遺されし時計は正しく時きざむひつたりとわ
が手首を巻きて

もう二度と父の日の花は贈れないギフト売り
場の雑踏を過ぐ

深き皺

夕刊の隅に芳美の訃報読むこの人に憧れ歌に
染まりき

遥か高みに仰ぐのみにて過ごしきぬ在さぬ時
を思はざりしに

朝戸出のドアの把手を回すとき新聞は落つ重
き音たて

わがドアの覗き窓より差す光ほこりの渦を貫き通す

年休は十分の一も使ひしか勤務医われの三十年は

独りなる五十五歳の誕生日寿司と苺をスーパーに買ふ

街川は枯れ葉と芥に覆はれて小さき群れはしきりあぎとふ

手術帽かぶり鏡にうつる顔容赦なく皺の深く
なりたり

手術の合間に駆け込む胃透視検診車汗収めつ
つ順番を待つ

摑むもの何もあらざり次々と麻酔こなして日
付は替はる

転勤のたびに重荷になりてゆく二千枚ほどの
研究スライド

論文のインパクト・ファクターに汲々と己を
励ますことのもう無し

病院の生き残りかけ実施せむ「包括医療」の
講義を抜け出す

人の目に触れしことなき胆嚢のラピス・ラズ
リのごとき光沢

寝静まる高層マンション並ぶ道外灯の影幾す
ぢまとふ

尾道・中村憲吉旧居

岩かげに汗あゆる妻と振り返る青くみなぎる
海のさざなみ

雪深き布野より病む身を移し来し前から後ろ
から支へられつつ

門までの細き石みち遅夏の風は遥かに潮の香
のする

憲吉のまなこ鋭き写し絵はガラス戸越しの光を返す

病篤く土屋文明を迎へしか山の庵に海ひくく見て

海峡を見下ろしざまに石段を下れば背後に妻の細き声

芙美子の碑尋ねて巡る石段の木下に立てば海の眩《まばゆ》し

父の一周忌

遺影の父のほのぼの笑みをり脳外傷由来の認知症兆ししころか

温み残る父の身体を清むるに襁褓に触れず病室を出でき

苦しみも悲しみもなく逝きたるか父また母のせめてもの幸

遺言をいかに書かむと正座の母ノートを開く
冷ゆる座敷に

延命治療は一切するな自づからのまま逝かし
めよと母の言ひ切る

家・土地をいかに相続せしむるか決めかぬる
まま母は寝ねゆく

誰がいづこに母を守るか妹と夜更けストーブ
の炎を見つむ

二〇〇七（平成十九）年

明けゆく街

慌しく更衣室に来し研修医怒りのごとく顔洗ひだす

出産後の出血止まらぬ子宮摘出母体の命を救はむがため

二リットルの吸引瓶は瞬く間泡の渦まく血液溢る

血液を孕み膨るる塊が産科医の手に引き出ださるる

手術終へ今は安らに呼吸器に眠りゐる人朝には目覚めむ

病院のホールの高きガラス屋根淡き緑に光り始めぬ

騒音とともにしらじら街は明け当直室のカー
テンを閉づ

深夜勤務を終へて去りゆくナースらの明るき
声すドアの向かうに

一時間の仮眠を済ませ外来にパソコン打てば
幾度も誤つ

碧きヘルメット

あかあかと生駒の嶺の迫りくる凍てつく駅に始発を待つとき

あさなさな電車に行き合ふ幾人のかたみに視線避けがちにゐる

山を下る通勤電車に遠霞む高層を見て大阪に入る

軋みつつ電車がカーブを切るときに吊り輪の列の一斉になびく

帰省の子を囲みてうからの興じをり声高きお笑ひ番組の前

街灯にヘルメットの碧きらめかせ子は帰りゆく爆音ひくく

家族合流

子の作りし紙の恐竜脚取れて引つ越しの荷に挟まれをりぬ

堆き荷物の狭間に終日を働きし妻は寝息つまらす

わたくしの何をあなたは求むるか妻は問ひくる電灯の下

六年半の単身赴任終へたるに妻ゐて娘ゐてつくづく孤独

通帳より引き落とされし印字のみ下宿する子の消息として

夜の更に躊躇ひがちにサイレンを鳴らし救急車が動き出す

はなびらは銀河のごとく流れゆく東の岸に片寄せられて

小魚は第二寝屋川に渦巻きて淡きはなびら頻りにつつく

『明暗』はいかに書き継がれしならむ大正五年に輸血のあらば

呼吸器をはづしてひとりを逝かしめし顔涼やかにテレビに語る

消えし版画家

沈む陽に鬱血したる東京を板に荒々と彫りつけてゆく

軋みゐるビル群を貫き裂きてゆくコンクリート道路を太々と彫る

新たなる版画つくると気負ひたる藤牧義夫の刀跡激し

高々とアーチ掲ぐる永代橋遠近法の鋲の大きさ

三角刀に深く抉りし跡残し藤牧義夫は消息絶ちぬ

美術展のガラスケースに吾と並び映れる母のいたく小さき

ハイエナ

地に落ちてなお鳴き続くる蜩はわが緩みたる脳打ちのめす

子の運動会の「君が代」のとき着帽の吾は俯き口ごもりゐき

亡き父の去年《こぞ》の新盆もこの盆も故里に帰らず働くわれは

当直の夜すがら窓を震はせて中央縦貫道の遠吠え

ハイエナのごとき輩と蔑めど彼にも守るべき妻と子のあり

脳味噌に釣り糸垂れて目をつむる歌のひとつも掛からんかなあ

貴子叔母を悼む

多発性肝細胞癌を育みてなほも生くるは幸といふ

パソコンの画面に検査の異常値を示す数字の朱の眩しさ

わが合格を涙ながらに喜びて知らせ給ひき遠き電話に

単身赴任のわれに入院間際まで八宝菜を届け
下さる

免疫を強むと叔母は通ひ給ふ上方寄席またカ
ラオケボックス

病みながら茄子田楽を作りゐる叔母のうなじ
の細くなりたる

「手術すればまだ生きられる」四度目の入院
前日メールの届く

再発のたびに受けたるラヂオ波手術君は耐へ来ぬ笑みを絶やさず

学会の効果認定なさざりし免疫療法にすがり給ひぬ

命危ふく救急車にて運ばれし叔母は一命を取り留めましき

重きドア引けば湿度の高き部屋カーテン閉ざし横たはります

薄化粧ほどこし我を待つ叔母の目つむりゐます酸素マスクに

八十五歳の叔父は細やかに病室に叔母をみとりて寝起きし給ふ

抗癌剤に呂律まはらぬ舌ながら頭もたげて礼を言ひます

カーテンの揺るる狭間ゆ枕辺の青き葡萄に淡き日の差す

しろじろと膨るる腹部を押さふれば我が手に紛ふことなき腹水

頭もたげ手を振り笑みてくれましき終の別れと思はざりしに

＊

麻酔さなか怖れつつとる電話にて穏やかなりし命終を聴く

アクリル樹脂の冷蔵ケースの底深く淡き化粧
にしづまり給ふ

還るなき叔母を守れる従弟らとこもごも語る
茶をすすりつつ

美しく華ある君の遺影なり叔父は背筋を伸ば
して見つむ

次の世も貴方に嫁ぐと遺ししと叔父の言葉は
そこにて途切る

法要に経を諳んじあげ給ふ叔父のみ声はしをしをとして

緩和医療

学会場の隅に恩師は告げ給ふ鎖骨骨折また再就職を

名誉院長退かれし後をホスピスに緩和医療を学び給ひぬ

費用払へぬままに少女は退院す帝王切開に母となりたる

病院玄関出づれば煙草が鼻をつく隠れ吸ひ合ふ密やかな声

夜更けて帰れる娘を待ち受けてふいに饒舌になりゆく妻は

テレビの前に妻は娘と戯るる吾には見せぬ明るきさまに

事も無げに奥歯を抜かるインプラントを目論む卒業したての女医に

二〇〇八（平成二十）年

黄金の鴟尾

急がざる休日出勤気が付けばいつもの速度に脚動きゐる

凍てつける朝のホームに長き影ところ狭しと交差してゆく

水紋をひとつ宿せる街川の流るるともなく陽を返しをり

芽吹き初むる枝に虫卵まとはせて冬木は夕日を一身に享く

歌会へのバスに初めて見えたる先生と学生時代の話弾みき

小谷　稔先生

野を焼ける煙たなびく森のうへ黄金の鵐尾は輝き立てり

初任給

システム工学を辞めむと言ひし日のありて危
ぶみし子の今日は卒業

学卒へし子の荷を社員寮に発送す新しき背広
に碧きヘルメット

連休に二人の息子の帰り来て床とソファーに
布団を並ぶ

燃費よきエンジン開発に励む子は新人として
電話番兼ぬ

初任給手取り四万円に呆れつつ子は夕食をう
からに振る舞ふ

亡き父の衣類を母は送り来ぬズボンの裾は短
く直して

若き頃の父の背広はナフタリンに混じりて懐
かしき匂ひのするも

この幾年吾らと楽しみし湯巡りを老いたる母は望まずなりぬ

旅先の列車に母の目瞑りて何の字か指になぞりやまざる

数独またクロスワードに取り組める母の意欲の淡くなるらし

今日は仕事の早く終はれば母の声電話に聞かむ急ぎ帰らむ

しこり

次々に風邪ひく麻酔科医顔ゆがめ手術制限を
鋭く求め来

手術件数厳しく制限する吾にしきり食ひ下が
る外科の部長は

癌患者に二か月手術を待たせゐる君の焦りを
われは知れども

詫びながら身ごもりしことを打ち明くる頼み
となしゐる一人の女医は

妊婦検診に君休む日は人不足に麻酔のリスク
は一段高まる

産休に入りて三日目君の居ぬ医局はたちまち
ぎくしやくし出す

若き医師と争ひしやくりあげてゐる看護師の
肩詫びながら抱く

若きらの繰り返す苦情を宥めつつ今日の麻酔
科業務を終へぬ

居残りて会議資料を作るとき清掃員らの朗ら
かな声

清掃員帰りしのちの手術室明かりを落とす資
料しまひて

麻酔科医辞め得ぬままの二十年悔いの幾つは
しこりともなる

志度寺・矢田丘陵

黒々と苔の古りたる海女の墓かしぐ一つに椿を添へぬ

空ふかく一羽の鳶を目に追へば薄氷ほどの月を裂きゆく

高々と葉を茂らする赤松の枝を打ち合ふ音の天降り来

紫陽花はみどり兆して濡れてをりわが通ひ路
の光のなかに

空を抱く黒大理石のモニュメント雨の乾きて
砂の残りぬ

摘みて来し草藤の花卓の上に房こぼしをりひ
と夜明くれば

窓の外の闇にしづもるあぢさゐに月の光はし
づかに至る

あかあかと雲の裾辺は照り返り生駒の峰を遠
ざかりゆく

諏訪全国歌会

文明も通ひしこの坂を朗らかに下校し来たる少女らに会ふ
旧・諏訪高女

朝な夕な文明夫妻を慰めし温泉は今も衣之渡《えのど》川に注ぐ

音をたて舟の当たりし石はなく護岸に群れて花菖蒲咲く

狭き棚田は緑ゆたかに苗なびき湖は低く波ひかる見ゆ

一族の墓に離りて松の陰赤彦の墓は湖を見おろす

墓原にやうやく見出でし耕平のつましき墓に野花を供ふ

先生は初歌集をわれに賜ひたり抜け落ちし頁は複写に補ひ

幾年を土に過ごしし熊蟬の朝より鳴き立つ吾を責め立て

熊蟬は何を思ふや葉桜の幹にひつそり光を浴びて

下部構造が心を支配する説に思ひ至る秋葉原殺傷事件

若き日に読みなづみゐし『資本論』幾たび挫折し押し入れに旧《ふ》る

「働けば自由になる」と門に掲げアウシュ
ビッツはユダヤ人《びと》呑む

空しき延命

意識なく運ばれ来たる老い人はたちまち四五本の管に繋がる

為し得る限りの治療を望む家族らに空しき延命と言ひ出せずをり

応へなく眠り続くる老い人の真の願ひを誰も知らざり

かつて吾を責めやまざりし同僚の教授就任の
挨拶状来る

競ふこと争ふことを避けて来ていま若きらに
猫なで声つかふ

研究費を無断に遣ひ尽くししを何に傍観し来
たる吾か

アフガンに農を教ふる日本の青年射殺さるタ
リバンたちに

危険性知りつつ奉仕に励みたりアフガンの子らに懐かれゐたり

いつか来るこの日を恐れてゐましたと母なる人は前を見つめて

急性期病院

夜更けまで続く手術を口々に非難しやまぬ若き麻酔医ら

冗談ともつかぬ口調に若き医師は厳しき勤務に退職ほのめかす

外科医また患者の求めに応ふるが麻酔科の務めといふは通じず

手術増えねば急性期病院は立ち行かぬと院長室に吾が迫らるる

院長は労働強化を強ひてくる時間外手当の増額を餌に

低肺機能にむしろ寿命を縮むると胃癌手術の中止を決めぬ

二十歳

バドミントン部員の娘は日に焼けて二十歳と
なりぬ寝てばかりゐる

二十年保ち置きたる赤ワイン娘は注ぎくるる
はにかみながら

駅に娘を迎へに行きたる帰り道黙して仰ぐペ
ガススの星

降り出だす谿に西行庵を訪ふ癒え近き妻と足を濡らして

髪切りて乙女のごときわが妻の厨に立ち居す黙したるまま

休み日は元旦のみの洋菓子店マスターの爪厚く変形す

冬になれば指先なべてひび割れて菓子の袋も開けられぬとぞ

妹の蜜柑

二人の子を伴ひ留学せし妹アメリカの公認会計士となる

会計士を辞めて蜜柑を作らむと研修所にて半年寝起きす

瀬戸内の離島にひとり移り住み果樹園造るにトラクターを駆る

五十五歳に農を離島に始めしは土への憧れの
みにはあらじ

妹より新種の蜜柑届きたり形さまざまなれど
も甘し

大学人事

教授替はり医局の幾人辞めゆきぬかつて彼等を吾の教へき

人減りし大学医局より通知受く「最も遠い貴院より撤退す」

医局より頼まれ勤むる吾からも若手を剥がしてゆくのか医局は

家にては寡黙に過ぐる妻とわれ丘を歩めば木
に花に寄る

暮れてゆく生駒の嶺の斜りなる家は雲間に浮
くごと灯る

悼　細川謙三先生

唐突に訃報届きぬ十二指腸潰瘍穿孔は思ひ見ざりき

「楡」を頼むと温き諸手にわれの手を握り給ひしはひと月前ぞ

「楡」の終なる湯河原歌会に先生の視力のいたく衰へゐましき

前評者に賛成ですと常になく短く評せらる掠れし声に

美術館への緩き坂にも身体揺れ杖にいく度も立ち止まりましき

賜りし『アララギの流域』に若き日の前衛短歌批判するどし

一途さゆゑの行き違ひにもありぬべし先生の許を去りし幾人

酔ふほどに近藤芳美を批判します先生を疎み
き若き日の吾は

拠りて来し細川選歌欄閉ぢしとき「未来」を
やめるなと諭し給ひき

二〇〇九（平成二十一）年

仮眠室

白々と凍てつく棚田を急ぐとき紫煙る生駒嶺
明け初む

仮眠せむ麻酔科医室灯を消せば機器のランプ
のあまた浮び来

若きらの研究指導なづむまま麻酔科業務を
日々終ふるのみ

数多の症例こなすを何に強ひらるる人を診る
にはほど遠くして

研修医指導の不備を指摘して語気を強むる同
僚の一人

新聞を読めばたちまち二十四時己と向き合ふ
時の始まる

妻の母逝く

命尽くる際まで癌をひた隠し母上穏しく逝き給ひたり

見られたくなしとの義母の願ひにて面会かなはぬままに逝かしむ

三十年に数ふる程の会ひなりし母上つねに笑みていましき

何故に会ふを控へし母上か今はわが手に棺を
運ぶ

母上のかくも小さし会はぬまま骨と灰とにな
りてしまひぬ

焼け残る頭骨むらさき色に染むみ面埋めゐし
花の紫

係員は慣れし手付きに喉仏つまみてその名の
謂れを説きぬ

骨壺に入らぬ骨をハンカチに拾ひやまざる妻
と義妹《いもうと》

派遣社員

増えてゆく休業の日を持て余しふいに帰り来エンジニアの子は

五百億の赤字の会社に勤むる子「もみじ饅頭」下げず帰省す

コンピューター製図をわが子に教へ終へ派遣社員は解雇されたり

帰省子はソファーの上に眠りをり朝の光の斑をうつろはせ

男の性を担へるYの染色体代を経ながら痩せ細りゆく

突然変異起きよさなくば男性は五百万年のちに潰えむ

若き女ら早食ひ競争する陰にひたすら握る寿司職二人

朝の電車に大き鞄を膝に抱き児童は眠る崩るるごとく

ガラスケースの『かめれおん日記』の草稿は端正にして伸びやかな文字

止《とど》まれば倒るる故にと走り続け中島敦の夭く逝きたり

こども病院

小児の麻酔に怖ぢ気づきゐし汝にして吾の許にて研修に励む

たちまちにこどもの麻酔にのめり込み昼夜を分かたず働きくれき

不平言はず吾を支へてゐる汝の母上重く癌病みましき

麻酔科医は吾らのみなり休ませて心ゆくまで
看取らせざりき

吾が許を去りて麻酔科医を辞めしとぞ汝に許
しを乞ひたし今は

九条

九条のためなら物理から軸足を運動に移すと
益川さんは　　　　　　　　　　ノーベル賞

柔道の怪我に医大をやめし友妻子と別れひと
りに暮らす

職を失ひ独りとなるも大らかに党に従ふをわ
が見守るのみ

症状をしかと医師には告げざりし母の電話に
声を荒げぬ

大腸癌検診をしきり勧むるに母は拒めり「見
るべきは見つ」と

言ひなづむ母の言葉を電話口に先取りするこ
と多くなりたり

終の住処をここに決めむか目交に生駒嶺仰ぐ
丘に立ちたり

この街に母を呼び寄せ守らむと建売住宅の契
約印押す

圧・流速曲線

瀬戸際の命を呼吸器に保つ人ふた月耐へてけふ目をひらく

ピアノの前にうからと並び笑む写真かざせどいまだ焦点あはず

圧・流速曲線をモニターに繰り返し人は穏しく呼吸器に眠る

医師減りし大学医局の運営に苦しむ後輩は鬱重く病む

医業より家庭を優先する医師の増ゆるも諾ふほかなし今は

明け近く眠れぬままに寝返れば鼓動は響く吾がこめかみに

生駒嶺を覆ひ湧き立つ雨霧に支峰するどく見え隠れする

明日香

ほの暗き冬野の谷に咲き初めし射干重たげに
滴をたたふ

多武峯に続く緑の尾根に出づ明日香の棚田は
低くけぶりて

淡き濃き緑に尾根は波だちて稜線直下に藤の
明るし

口並ぶる雛を覗くと背伸びする吾を掠めて燕《つばくろ》迫る

爪厚く太き指もて先生は野蒜を摘みます名を教へつつ

小谷　稔先生

みづみづしき菜の虫流しつつ偲ぶ賜ひし君の農の苦労を

消えしふるさと

十ほどの社宅と野原と柿の木を板塀に囲ひし
吾のふるさと

月末には米と醬油を借りに行く母の背中を吾
は見つむる

端切れにて母の作りしグローブを脱ぎ捨て
ボールを素手に受けたり

練習終へ銭湯に駆け込む長嶋を待ち伏せサイ
ンをねだりき吾は

わが生れし社宅も登りし柿も消えホテル五番
館黒々と建つ

自衛隊に働くをさな友達の家の前まで来て引
き返す

＊

転校生われの通ひし三つ目通り車の排ガスに日々嘔吐せり

鉄工所の甘き匂ひに酔ひながら暮るるまで熔接の炎見つめき

小名木川とスモッグの臭ひに慣れぬまま菊川小学校を卒へたり

小学校の正面玄関陳列に吾の粘土の駱駝立ちゐる

心肺蘇生拒否

なし得る限りの治療を望む家族にて心肺蘇生
は拒否すると言ふ

いかなる治療も虚しと家族に言ひ渡す医学の
無力まざまざと見て

ＩＣＵ勤務の医師の長々しき繰り言を聞くモ
ニター見つつ

献血車にわが血圧を測りゐる老いたる医師の
表情穏し

応援医師の派遣交渉はかどりて家までの坂今
日は短し

ラ・クンパルシータを聴けば甦るその盤遺し
自死したる叔母

君の心を注ぎしサルトルとボーボワールわが
本棚に黄ばみて並ぶ

高校生われを捉へし『羊の歌』今読み返す心ふるはせ

加藤周一

夜更けて帰りし娘口きかず携帯メールを音たかく打つ

軽自動車に充たぬ荷物を携へて娘は下宿に移り行きたり

窓をあければ芝生輝く若草山この部屋に娘は心はづます

ワールドカップの相手を蔑むイチローに戦時
の茂吉の愛国心重ぬ

縄張りを争ひ殺し合ふ稀なる種霊長目ヒト科
いつまで存ふ

兄と妹

兄の児を帝王切開に産む少女窓閉ざす吾が手術室に入る

学校に行かざる兄と妹は母の勤めの留守を守りき

産声をあぐるみどりごを見むとせず母なる少女は虚ろなるまま

おめでたうと言葉をかくる一人なしナースは
背を向け赤子をくるむ

みどりごは母に抱かるることのなく密かに乳
児院に引き取られたり

悼　猪股静彌先生

酸素吸入しつつ歌会に見えましき密かに恐れゐし煙草の故か

膝元に置けるボンベに耳を寄せ酸素のかそけき音を確かむ

前月より酸素の量の増えながら喘ぎつつつわが歌を批評しましき

先生の初めてにして終の賀状「八十四歳前途洋洋」

文明の孫に因む名を長の子につけ給ひたるみ心の沁む

吾が歌集を言下に拒絶し給ひし万葉集を尊ぶみ心

ひと年のみ教へにして先生の歌の心を胸に刻みぬ

麻酔指導医

二十五年指導医認定保ち来ぬ今日の更新を最後となさむ

幾万の手術の麻酔を担ひしが吾を覚ゆる幾たりありや

早く帰れと促す吾を気遣ひて緊急手術を手伝ひくれぬ

産休まであとひと月の汝にして帰宅直後に入
院したり

入院の汝より今日ははづむ声胎児は激しく子
宮を蹴ると

手術終へ夜更けの電車を待つ前を入庫の車輛
かろがろと過ぐ

近江蓮華寺

勅使門を護る楓の太ぶとと近江蓮華寺しぐるる気配す

涌く水に靴ぬらしゆく山懐自刃の兵の墓群に会ふ

仲時ら四百余名の流したる血に六歳の子も混じりゐき

窿応和尚を見舞ふ茂吉の写真見ゆ背伸びして
眼を凝らせり吾は

臥す床に茂吉への馳走を気遣ひし窿応上人の
墓にぬかづく

アスファルトを割きて伸びたる青桐の今朝ひ
ときに色づき始む

新型インフル・ワクチン

医療者を優先すべき新ワクチン分配量のあまりに少なし

ワクチンは救急現場を優先すると決めむに抗議をする部門あり

わが手術室勤務の妊婦を気遣ふに接種優先を叶へ得ざりき

産休育休不意の欠勤夫の転勤戸惑ひ続けて勤務医終へむ

電車待つ夕べのホームに人の影右に左に踏みつつ歩む

吾がためのおかずに添へし亡き叔母の震へる文字のメモ読み返す

ルワンダ難民・サルガド写真展

天国に迷はず行くためをさなごは眼を開けしまま埋葬されぬ

難民のキャンプにテントを立つるなくミシンにシャツをひたすらに縫ふ

教室の床を埋むる虐殺の屍を白き光がつつむ

母の袖にすがりて砂漠を逃ぐる子の纏ふもの
なき身体は傾ぐ

夜を通し逃れし人ら樹に寄りて佇む朝の木漏
れ日のなか

勤務評価

新任医師の心なき言葉に傷つきし若きナース
の辞めたしと訴ふ

吾には卑屈に頭の低きこの医師の態度の変は
るナースらの前

新任医師への吾の評価の厳しきに市役所当局
が問ひ合はせくる

わが書きし勤務評価よこの医師の未来に影を
落とすことなかれ

冬ぐもる第二寝屋川さざなみに灯り映して一
機の過る

わが家の上棟式を撮りくれぬ若き大工は雨に
濡れゐて

外壁に夕日を淡く反しつつ新居は生駒の嶺に
ま向かふ

給料の減りし帰省子照れながら新築祝ひを手
渡しくれぬ

燃費優るるエンジン開発に子は挑むハイブ
リッドのみがエコにあらずと

病み初めし父の彫りたるティッシュ箱向日葵
のレリーフゆうらりそよぐ

生きてあらば今日八十五歳になる父の今際の
心電波形を見直す

忌を過ぎて　細川謙三先生

君の忌は早く過ぎたり終日をあまたの手術に
携はりゐて

故郷に遠く離れし先生のひとり納まります新
しき墓に

「楡の会」の墨書さやけき卒塔婆は墓の傍に
風に鳴りをり

見えしは数ふるほどにて諭されし「生活第一
芸術第二」

「アララギ」に還り得ざりし君を思ふ其を継
ぐ人らの中にわが居て

拡大鏡に声震へつつ読みませど妥協なき歌評
いまに鮮し

在りし日の終の晩酌は差し上げし宮崎の焼酎
と奥様に聞く

辞めるなと先生に言はれし「未来」なりつひに去りしを墓前に詫びぬ

退会の通知を深夜にするときに若きらの声発行所に充つ

二〇一〇（平成二十二）年

ヴィオラ

明けてゆく生駒のなだり反射して吾を照射する一点のあり

三人子《みたりご》の継ぎ来し木机けふよりはわが新しき書斎に並ぶ

ラフマニノフ聴けば雪の日々甦る一人暮らし
しカルガリの街

華やかに歌ふヴァイオリンよりくぐもりて呟
くごときヴィオラを吾は

精神病の遺伝子こそが人類を進化せしめしと
いふを今日知る

ひとりに生き独りに逝きて亡骸は献体されぬ
引き取り手なく

「どうしてる？唐黍送ったよ」無縁死の留守
番電話にその姉の声

靴音

冬ぐもる空に浮かびておもむろに二羽の青鷺
田に降りんとす

吾が音に驚く池の鴨の群れ乱れ羽ばたく氷割
りつつ

電車を降りし人らの靴音揃ひしがやがてほぐ
れて遠ざかりゆく

「アララギ」の終刊号の末尾なる会費返戻案内の痛し

芝の上に影を激しく交差させフォワードは今しシュートせむとす

臓器提供

幹細胞移植に臓器を拵へてヒトはどこまで生かされ続く

医学とは自然に抗ふ実践と声らうらうと学者は言へり

幼き姉を骨髄移植に救ふため生まれし弟役目を果たす

移植型適合するゆゑこの後も臓器提供を強ひらるるのか

院長は常勤再雇用を拒みたり続く妊娠を同僚望めば

俺の立場を分かつてくれと院長は吾の抗議に声を絞りぬ

賜りし貝母の若芽は衰へぬ土変へ水やり液肥与へしに

空を映し棚田に水の漲れり高きところは荒れたるままに

花植うる棚田にオカリナ吹く人の真上を青鷺峠をめざす

洋菓子店仕舞ふとマットを払ふとき白き花弁の闇にひらめく

プレアデス君に教へし夜のごといま南中す異なる空に

花桃のしだり枝に白き花ひらく紅の花にひと
日遅れて

大衆の目に耐ふるものこそ作れ司馬遼太郎諭
す若き沈壽官に

屯鶴峯《どんづるほう》

瀝青岩凝灰岩の堆積隆起億年の風化に白く輝く
水と風と光の彫りし岩の峯鶴たむろする形に聳ゆ
蒼白き光を鈍く返しつつ板状節理は素手に剥がるる

輝く岩にマウンテンバイクを駆りし人木蔭に
憩ふ汗光らせて

朝鮮びと強制労働の死のうへに岩を穿ちし防
空壕のこる

血糊

神を祀る暗き洞窟這ひゆくに妻は滑り落つ鈍き音立て

呼び掛けに反応のなき妻の顔支ふれば首に血糊おびただし

髪を分くればかそかに見ゆるざつくりと裂けし頭皮に血の湧き出づる

岩間より落ちくる清き湧き水に浸ししハンカ
チ創に押し当つ

妻の頭痛いつしか癒えてわが庭の木瓜はほつ
ほつ開き初めたり

市長選挙の投票所を出づ開き初むる泰山木を
妻と愛でつつ

医の心

朝方に手術終へしか更衣室に積まれし術衣は
血の匂ひする

ひとたびも眼を開くなく逝く人よ言ひたきこ
との数多あるらむ

病む人に善かれと力を尽くすとき背中合はせ
に合併症増ゆ

死を看取り生を迎へて歳を経ぬ慣れゆくこと
を戒めながら

人の死を父の今際をまつぶさに詠むとき吾は
歌のしもべか

吾が歌に心痛むる人あるを聞きて帰りぬ思ひ
虚ろに

病む人の心に触るる少なきに麻酔科医われに
医のこころありや

告知なき騙しだましの治療に耐へず麻酔科を選りき医学生われは

患者とりわけ家族の苦情に対ふたたび病院勤務を辞めむと思ふ

研修を終へしが礼を言ひて去る声を荒げて叱りしことも

祖父逝く

生きゐるは楽しと百四歳の祖父言ひつつ祖母の遺影を見つむ

何ごともほどほどが良しと片付くる祖父をかつては諾はざりき

長生きをしたくはないと母は漏らす存ふる祖父を見舞ひし後に

質《たち》と形《なり》を専らに吾に遺伝して逝きたる祖父の
額の冷たさ

百五歳に逝きましし祖父床に臥しひとり存へ
思ひしは何

父の園芸帳

亡き父のスノーフレーク咲き揃ふその名を母も吾も今日知る

エンジニア父の残しし「園芸帳」挿し絵も文字も几帳面なり

土の配合土温測定のメモのかたへ標準偏差の計算式あり

新居の庭に挿せよと母は送り来ぬ父の愛でゐし桃の若芽を

猪野川より父の採り来し地衣類の枯れゆくに母は頓着のなし

離れ住む母を守らずに生きてゐる吾の思ひを母知らざらむ

くさふぢの花にさかさに蜜を吸ふヤマトシジミは腹震はせて

夜の水田を静かに歩む青鷺のふいに飛び立つ
羽軋ませて

大雪山系

学生時代の終なる夏を雪残る大雪山系深く入りにき

笹叢に先の見えざる細き道ひたすら鈴鳴らしひとり歩めり

熊も求むる谷の水避け稜線の雪をテントに融かし飲みたり

テント横の笹叢の不意のざわめきに熊が来たかと幾たび目覚む

トムラウシの頂越ゆれば木の間より池塘の群れの陽にきらめけり

ＩＣＵ

ＩＣＵをわが任せたる若き医師青ざめソファーに横たはりをり

麻酔とは勝手異なる集中治療に惑ひ苦しむ若き医師らは

麻酔業務の厳しき上にＩＣＵまでやれぬと若きは呻くごとくに

開院より麻酔科が担ふＩＣＵ撤退なさば病む
人困らむ

わが指導到らぬままの撤退を英断などと弾む
若きら

集中治療の要《かなめ》は麻酔科と執拗に撤退回避を院
長迫る

婚の日

背を向けて新聞を読む妻の髪白きものの増ゆこの幾年か

婚の日を祝ふことなき二十五年今年の秋には言ひ出してみむ

盆休みに帰りてきたるエンジニア髭濃くまなこ鋭くなりぬ

職ひけて公園はいまだ明るきに百日紅の花いくつを拾ふ

読みふける車中の吾が前に来し老いに隣がすかさず席を譲りぬ

「新アララギ」のページの二割ほど減りぬわが入会より二年のうちに

華やかなりし日の作品の複製を描きあげレンピッカはひとりに逝きぬ

総撤退

大学より派遣され来し若き医師はや問題児と
噂されゐる

口には出さず夜ごとメールに詰りくる当院の
短所をあげつらひつつ

眠剤をビールもろとも飲み込めば苦みは貼り
付く舌の奥処に

彼は危険と精神科医は忠告す性格異常の境界として

看護師へのセクハラを院長は指摘して大学医局の人事を批判す

派遣医師なべてを急遽引き上ぐると教授の冷たく乾きたる声

問題の派遣医を庇ふ総撤退わが麻酔科は潰されむとす

軋み残し彼は大学に引き揚げぬ勝ち誇るがに
笑みをたたへて

契約書なき約束の脆さ知る大学医局の不意の
総撤退

卑屈なる心に幾所に打ち続く応援医師を求む
るメール

母教室の後輩教授は諄々と人手不足をメール
に説き来

どの教授も組織を守るためならむ医師の派遣を丁寧に否む

吾がもとへの残留を望みし若き医師大学医局に威され諦む

細断

手術前夜に逝きたる人の「術前評価」頭《かうべ》垂れつつ細断をせり

父の命日娘の誕生日忘れゐき麻酔科医確保に日ごと悩みて

患者データ入力しつつ居眠りす窓白むまで眠れぬ日々に

頬被りに草ひき給ふ医学の師にたまさか遇ひ
ぬこの家と知らず

医の恩師にま近く住めど訪はずをり研究意欲
を失ひし吾は

夫君の笑まふ遺影に見守られ君はほがらに料
理並べき

冷蔵庫の扉に夫また子の写真あまた貼りしは
なべて微笑む

先生の本に隣りてわが歌集君は陳列戸棚に納めき

認知症に友らの顔も見分け得ぬ君は施設に車椅子に生く

就活

深夜バスに幾たび上京を繰り返す就職活動に子はやつれをり

人生で今が一番苦しいとつね陽気なる子の嘆きゐる

夜を徹するアルバイトにも精出しし子のからうじて内定を受く

横浜に住む弟はうから残し神戸に医院を開業
したり

実家の母に理不尽を言ふ隣人を諫めくれたり
気弱き弟は

幾たびの生物大量絶滅を経て来し地球に今日
の吾らか

年どしに四万の種の滅ぶとぞ千年のちにはな
べて滅びむ

偽名

数多の管と心肺補助装置にかつがつの命を保つ偽名のままに

罪びとに医療ほどこす価値あるかと囁きあふを睨みつけたり

心肺蘇生拒否を穏しく申し出でぬ幼を伴ふ病む人の妻は

「本名で呼んであげてね」看護師はためらふ
妻の肩を抱きぬ

緊急手術の呼び出し音はた耳鳴りか当番あけ
の今日も纏る

透析患者きみの麻酔を無事終へぬシャント血
流しかと触れつつ

吾を頼り就職せしも愚痴と遅刻多き一人は退
職仄めかす

汝の使ふロッカーの扉凹みをり何に荒れたる
今日の心か

イマジン（ジョン・レノン）

今朝は冷たき時雨の過ぎてベランダの蟬のむくろの位置変はりをり

砲声の朝鮮半島に轟ける夕べ声低く唄ふイマジン

戦争を讃ふる詩編を今も詫ぶ百一歳のまど・みちお氏は

先進国は途上国の豆を買ひ叩くそのコーヒー
の安きを飲みきぬ

湯に浮ける綿屑のごときを掬ひゆくまだ壮ん
なる吾のしむら

冷雨の中ノルマ抱へて立つ人ゆ吾に用なき宣
伝ビラ受く

胎内の音

駅を目指し吾らひたすら進みゆく歩幅と速度
おのもおのもに

息白く吾を追ひ越し行く人の靴裏あらはに
次々見せて

前をゆく歩き煙草に吾が速度しばし緩めぬ
あひだを空けむ

亡き父の名を記したるスニーカーいまだ新し
履かず病みしか

帽子より靴まで父に包まれて冬の日の差す畦
道をゆく

風の日はヨットの帆のごとはためけり裾上げ
して穿く父のズボンは

ポケットにふつと入れたる手に触るる夕べ拾
ひし青く透ける実

茜色したたる桜のもみぢ葉の尖ことごとく大
地を指せり

苅りし田に雨の沁み入る音のするいつか胎内
に聞きしその音

すばる

海を渡りし十万を越ゆる徴用犬いくさ終はれど還りたる無し

われ先に引き揚げ船に乗るを見て主に嚙みつき波止に残りき

同じ校舎に学びし君の新政権支持率下がるをただに見守る

保管期限過ぎし麻酔記録を細断す苦しき過去
を葬る心に

生駒嶺の黒き斜面をふた分けてロープウェー
の灯りまたたく

凍てつける空高々とすばる冴ゆ大和はわれの
終の住処ぞ

二〇一一（平成二十三）年

風邪の髭面

社員寮に央《ひろし》は臥して揃はざる元旦音たて風花しまく

父母はいかに思ひし正月をつね雪山に吾が迎へゐしを

神籤また厄よけの札をつぎつぎと子らは買ふ
信なきわれの分まで

初詣での焚き火にあたる尭《たかし》と愛春《めぐみ》には東と西
に離《か》れゆく

落雷に焼け焦げし杉高々と緑かがやく枝あま
た張る

髭面をしばし横たへ帰りゆく風邪の癒えざる
エンジニア央

雪の舞ふ朝の駅頭に確と受く素手に渡さるる
政策のビラ

アルデバラン

麻酔患者を吾に引き継ぎ走り行く溢るる乳に
パッド濡れしと

育児休暇の明けて仕事に気負ふ汝帰れば四人
めに乳をふくます

子の病めば不意に欠勤する汝を陰に罵る若き
を宥む

病む人を身内と思へと今更に言はねばならぬかこの中堅に

手術室の扉に吾が写真幾つ貼りナースら訴ふ「先生、辞めないで」

若きらに麻酔まかせて帰る空アルデバランの淡き朱の色

麻酔科医不足に常に悩み来てこの手術室に終はらむ吾は

臨床心理学

賜りし貝母の去年は咲かざりしに今朝芽の挙
る土押し上げて

幼のごと「父さん《ととお》」と娘は切り出して卒業式
の貸し衣裳ねだる

この父に母にもなつかぬ娘にてあまたの友を
得て卒業す

雪煙る大山仰ぐ大学院に臨床心理学を修めむとする

遠く独りに暮らさむ娘ま新しき木枠匂へるベッドを撫づる

隣人はいかなる人か吹きさらしの冷たき部屋に汝は生きゆく

風寒き空にまたたく北斗星緋色の星を森に雫す

東日本大震災

無影灯ふいに大きく揺るる部屋手術の中断を
吾が言ひ渡す

手術室に閉ぢ込めらるるを回避せむ全十室の
ドア開け放つ

ナースらの悲鳴の中に手術用モニター台を支
ふる吾も

予定手術を延期すべきか余震のなか表情険しくスタッフ詰め寄る

いち早く机の下に遁れたるひとりの医師に長くこだはる

濁流に残る病院の屋上に助け求めて人ら傘を振る

震災の報道ただならぬ夜更けてこれが現実かと身震ひ止まず

命がけの原子炉救難に隊長は隊員と家族に声詰まり謝す

救国の士たれと隊長にメールせしその妻のこころ沁みて思ふも

爆発せし原子炉を冷やす隊員を吾は尊ぶ恙なくあれよ

被曝治療の指揮官映像に語れるはかつて麻酔を教へし一人

眉根寄せ上目遣ひに慎重に言葉選ぶはかの日のままに

最悪の場合の覚悟をしておけと妻を頼むと子らに伝へき

原子炉の欠陥知りゐし東電とその運転を許し来し政府

チェロ抱き津波に流され三《み》月経てその子を待つを止めしと母は

短歌会に出るなら瓦礫の被災地に医療支援に
行けといふ声

この震災に略奪なきを人として誇りに思ふと
米国人は

巣立ち

幾つもの愛憎思ひ返しつつ明日は発つ子らと
卓を囲みぬ

就職に進学に今朝子らは発つ倹約を強ひてつ
ね争ひき

余震停電放射能憂ふる東京に子は発つやうや
くの就職にして

金のことにて争ひし子も社員寮よりメールをよこす恩返しすると

一人またひとりと子らの遠ざかるつづまりは独りに生きゆく吾か

連休もエンジン設計の明け暮れかメールも電話も長男応へず

妻の父逝く

山桜見放くる窓辺息荒く義父は横たふ痰からみつつ

肩たたき励ますを妻らは制止する呼吸が荒く苦し気になると

酸素マスクに喘げる義父のむくみたる両手握りて別れをしたり

義父を看取り妻の居ぬ日々願ひ来し塩鮭を焼
くグリル汚して

還暦

妻子らと食卓囲むはまれまれにわが勤務医の
三十幾年

深夜帰宅休日出勤単身赴任家庭崩るる危機の
幾たび

吾を見て成長したる三人の一人だに医師を志
すなし

還暦は明日に迫りぬ罪多く悟る少なき生《よ》を過ぎ来たり

亡き父の還暦を祝ふことのなく働き過ぎき離れ住む吾は

亡き父の愛でし桃の枝挿し木してやうやく紅の花をつけたり

還暦の祝ひに子らより贈られし白きカランコエほのかに薫る

十に余る学会を年々に辞めゆきて一つになりぬ撤退はせぬ

研究に指導に熱の衰へる吾なればなほ職を退きたし

わが退けば麻酔科は直ちに潰るるとナースも医師も吾に詰め寄る

いま退くは人間性を疑ふと若きは常になく鋭き口調に

日々に吾がたしなむる医師が父の日にマッサージ機を手渡しくれぬ

変色せし河上肇の『自叙伝』のその一途さに吾が慄《をのの》きぬ

重荷

高齢また合併症重きは麻酔せぬと若きは訴訟をかくも恐れて

リスク高き麻酔をこなすがプロなりと鼓舞する吾に若きは黙す

下痢と咳ながく止まざる若き医師いつしか重荷を背負はせ来しか

当直の明けて表情くらき汝麻酔の準備す咳き込みながら

帝王切開受けむ十四の少女にて臆せず応ふナースの問ひに

産声を聞きたる少女の笑まひつつ吾らにしかと礼を言ひたり

二十八歳の終《つひ》の命に描き遺す夕焼けの海凪ぎて明るし

青木　繁

若き日の暗き自画像自らを恃む眼は吾を見おろす

絶筆の朝日は絵の具のひび割れて海におだしき光を浮かぶ

己が口に子を入れ守るこの魚を見せてやりたし虐待の彼等に

男の香水

台所の柱に掛かる父の遺影日々に見つめて母
の暮らしは

父の墓は除草剤にて清々し草ひく力はや母に
なく

振り返りふりかへり見れば門口に母は立ちを
り暑き日差しに

母を呼び墓も大和に移さむか父の選びし富士見ゆる墓

大阪に配属されたる子の荷物わがリビングに堆く積む

ひとつ家に十年ぶりに子と住めば戸惑ふ男の香水と奔放

酷暑日の背広勤務を難ずるに営業にクールビズなど論外と子は

炎天下の外勤終へし吾が息子ソファーに居眠
るゲームをしつつ

ダービーに勝ちたる馬のうなだれて厩舎にも
どる逆光のなか

パドックを雨に光りて巡る馬大殿筋は交互に
隆起す

温きもの享けて夜更けの階くだる危ふかりし
媼の麻酔を終へて

応援の頼りなき研修医の日当は指導する吾の
三倍なりと

「国境なき医師団」にまた農村に行かむか悩
みし若き日のあり

鉢を上ぐれば群れて乱るるだんご虫生くるは何ゆゑ君らも吾も

嘴細鴉に追はれし青鷺夜の田に戻りて漁る外灯のもと

背広姿にズックの鞄握りしめ医学生は立つ面接受けむと

麻酔科を志望する者は稀にして少しく甘く採点をせむ

文明全歌集三年かかりて読み終へぬ白き表紙
もいたく汚れぬ

文明の分厚きひと生を辿り終ふ就中夏實さん
また夫人への思ひ

『夏の落葉』の宮地先生その解説の細川先生
ともに遥けし

宇宙ステーション

「きぼう」より見はるかす地球の弧のかなた
太陽は気圏を光らせ始む

太陽風に原子を緑に輝かせオーロラのうねり
音もなく伸ぶ

宇宙より見おろす漆黒の日本海烏賊漁の灯が
一つづつ点る

時の流れを越えて旅する代もあらむ光速素粒
子ニュートリノの報

年々に地球を離れてゆく月よこの十六夜の光
も絶ゆるか

クレーターの輪郭ふたたび際やかに皆既月蝕
見る間に過ぎぬ

月の光を両手にさへぎりペルセウス探す寒風
に身は震へつつ

吾が在るは多次元宇宙か解せねど確かなり知
らむとする吾の存在

煙草

朝の庭に煙草の吸ひ殻濡れゐたり営業の子の
密かに吸ひしか

早死にも厭はぬと子はうそぶきぬ煙草の害を
説き止まぬ吾に

吾が前に煙草を吸ひし若き父口をすぼめて輪
を吐くつぎつぎ

幼きより痰のからみて苦しみき煙草の害をまだ知らざりき

中学の授業に咳払ひ繰り返し俺をからかふかと教諭に睨まる

重ね来し呼吸機能検査は正常値に届きし事の一たびもなし

痰のからみ窒息するかと慄きて階段駆け降り庭に飛び出す

終のたひらぎ

何時いかに命尽くるとも諾はむ若き幾人を逝かしめし吾は

家族らの延命の願ひに添はむため終のたひらぎ乱し来し吾か

吾が許より医師らを撤退せし教授髪白くなれるを学会に見き

なべての手術けふは夕刻に終はりたり衰弱に
中止となりし人ゐて

雨やみて丘陵の方へ疾く移る薄明の空の低き
むらくも

亡き父を思はぬ日の無し在りし日には遠く離
れて顧みざりき

運動靴ズボンまた肌着ひとつ一つ父の形見を
使ひ古しぬ

吾を救ひ支へし「短歌現代」の表紙に終刊号
のしづかなる文字

稲を刈りし匂ひに噎せつつ畦行けば月はろば
ろと青き空渡る

子宮頸癌ワクチン

子宮頸癌ワクチン受けよと仕送りを増ししが
娘より音沙汰のなし

打ち解けぬは娘の多感なる六年を単身赴任し
てゐし報い

大学より家庭より逃れむ思ひにて離れ暮すを
選びし吾か

香具山の山辺の畑の熟れ柿をもぎ下さりぬ教
師たりし君は
熟れ柿は鴉の餌ぞためらひの失せつつ甘き実
を啜りたり

切除不能

吾に礼《ゐや》して外科医は創を閉ぢ始む腹膜にあまたの転移のありて

膵腫瘍を残して麻酔より覚めたればまつ先に時刻を確かむ吾に

切除不能の腫瘍と聞きて息衝くに酸素マスクのにはかに曇る

大臣は外科を産科を救急を言へどその麻酔を
担ふは吾らぞ

主役の外科医の言ふなりになる麻酔医をまた
も描くか医療ドラマは

中学校還暦同期会

学び舎も大き椎の木もそのままに富士見小学校と名の変はりをり

統合先の九段高校に妹は今野寿美さんと机並べき

登校にあへぎし二合坂の教会の白き十字架かつてのままに

白血病に二人の友を失ひき学また絵画に優れし友ら

電車通学に数学を語り合ひし友教授となりて「群論」講ず

石畳の冬青木《もちのき》坂も鋪装されかつての吾は何処にも居ず

下校時に神田古書街を冷やかしし相棒の行方いまだに知れず

生涯の師

二年半の麻酔科研修終へし汝わが許を去る心残して

小さき身体に成長ホルモン打ち続け医師となりたり健気に汝は

麻酔科を諦めさせむとせし日あり手の小さきは致命的なると

先輩に苛まれしを麻酔器に突つ伏して吾に訴へし夜

ためらはず人に尽くすに努め来し汝にあまたを吾が学びたり

生涯の師と言ひくれしは汝ひとりふるへる肩をたたき別れぬ

夜を徹し作りしアルバム吾の手に渡し去り行く振り返るなく

後記

これは私の『父のフラスコ』『第二頸椎』につぐ三番目の歌集で、二〇〇五年から二〇一二年（五四歳から六〇歳）に「未来」「楡」「新アララギ」「短歌海流」「短歌現代」「現代短歌」、「現代短歌新聞」などに掲載されたものを中心に七一〇首ほどを収めた。

この春、溜まっていた歌を纏め始めたころに、新型コロナウイルス・パンデミックに見舞われた。まだ終息の見通せない状況が続いており、更に冬に向けてインフルとのツインデミックが大きな脅威として、また医療者である私にはとりわけ重大な問題として身に迫ってきた。そこで急遽、「新型コロナウイルス・パンデミック」の一連を巻頭に置いたのである。

さて、先の期間に私は職場が明石市から東大阪市に変わり、住居も東大阪市、ついで奈良県生駒市に移った。二〇〇一年からの単身赴任も二〇〇七年に家族と生駒市で合流でき、落ち着きを取り戻した。しかし、職場では責任者として常に人不足に悩むことになった（これは二〇一七年の定年退職まで続くのであるが）。それは医師の派遣元の大学医局による医師の引き上げ（撤退）が主因であった。また、人不足にてＩＣＵからの撤退を覚悟した時期もある。更に、定年退職後に行っていたパートの麻酔応援もコロナ禍で大阪から撤退した。そういった状況に鑑み、本集の題を『撤退』とした。

　この間に私の主たる発表の場が、「未来」（細川謙三選歌欄の終了後の無選歌欄）から「新アララギ」に変わった。それは、二〇〇八年、近隣の奈良の歌会で「新アララギ」選者の小谷稔先生に見《まみ》えたことによる。先生の歌や歌論、また鑑賞は私には親しく、人柄にも強く惹かれ、「新アララギ」に入会、ご指導を仰ぐことになった。ところがその半年後の暮れに細川先生が急逝され、「棆」は大きな衝撃を受け、二〇一九年、ついに終刊した。

一方、小谷先生は数年前から跋を書くからと頻りに歌集出版を慫慂されたが、二〇一八年一〇月、突然逝去され、周辺に激震が走った。昨夏には私の歌を楽しみに読んでくれた母を見送り、私は歌集制作から更に遠のいていたのである。読み直せば、変わり映えのしない希薄な歌も多いが、ここに上梓できたのはひとえに、この間にお世話になった「新アララギ」はじめ多くの歌誌等の皆様のお陰であり、感謝にたえません。

本集の刊行に際しましては現代短歌社の真野少様、装丁の間村俊一様に格別のご配慮をいただきました。心よりお礼申し上げます。

二〇二〇年一〇月一一日　奈良　生駒にて　　　　小松　昶

小松　昶（こまつ・あきら）

1951年　神奈川県川崎市生まれ
1987年　「楡」、「未来」入会
2004年　短歌現代歌人賞受賞
2008年　「新アララギ」入会、現在に至る

現代歌人協会、現代歌人集会　会員

現住所　630-0201 奈良県生駒市小明町 1578-5

歌集　撤退

二〇二〇年十二月四日　第一刷発行

著者　小松　昶
発行人　真野　少
発行所　現代短歌社
〒六〇四-八二一二
京都市中京区六角町三五七-四
三本木書院内
電話　〇七五-二五六-八八七二

装丁　間村俊一
印刷　創栄図書印刷
製本　新里製本所

ISBN978-4-86534-348-9 C0092 ¥2800E

gift10叢書 第33篇
この本の売上の10%は
全国コミュニティ財団協会を通じ、
明日のよりよい社会のために
役立てられます